LETTRES

OU

VOYAGE PITTORESQUE

DANS LES ALPES,

ET

VUES DE ROME.

Vue des Monumens antiques de Rome,
et des Principales Fabriques Pittoresques de cette Ville.

LETTRES

OU

VOYAGE PITTORESQUE

DANS LES ALPES,

EN PASSANT PAR LA ROUTE DE LYON ET LE MONT-CÉNIS;

Suivi d'un Recueil de Vues des Monumens antiques de Rome et des principales Fabriques pittoresques de cette ville, en 48 Planches et un Frontispice :

DESSINÉES D'APRÈS NATURE ET GRAVÉES A LA MANIÈRE DU LAVIS, PAR BALTARD.

Prix, 24 fr.

27726

———

DE L'IMPRIMERIE DE CRAPELET.

A PARIS,

Chez l'Auteur, à sa Calcographie des Monumens de Paris, rue du Bacq, n° 100.

1806.

LETTRES

OU

VOYAGE PITTORESQUE

DANS LES ALPES,

En passant par la route de Lyon et le Mont-Cénis.

De Chambéry, 12 octobre 1806.

FIDÈLE à l'engagement que j'ai pris avec vous, mon Ami, je vous rendrai compte des sensations que me feront éprouver les objets qui frapperont mes regards.

Je ne vous écrirai ni comme érudit, ni comme antiquaire; trop peu instruit de ces choses, je m'en tiens à mes pinceaux, car je ne pense pas que je puisse jamais me livrer à mon goût pour l'architecture. J'aime trop l'indépendance pour me plier à tout ce tracas d'affaires et d'intérêts divers, au milieu desquels il faut qu'un architecte conserve son intégrité et son talent.

Ainsi donc, mon Ami, j'échange mes compas contre une palette, et je suis enfin sur la route de Rome.

J'ai quitté Lyon et ses aimables habitans.

Le Rhône si limpide, la Saône si verte et si calme, la montagne de Fourvière, le rocher de Pierre-Encise et les campagnes voisines, offrent des tableaux tellement pittoresques et variés, qu'il est bien difficile qu'un admirateur des beaux effets de la nature en perde le souvenir, même sur la route de Rome, où je reviens.

Nous arrivâmes hier à Pont-Bon-Voisin, où notre fameux chanteur et notre bon camarade le Suisse, firent comme ici, bande à part, malgré nos bons procédés, et ont ainsi commencé une petite guerre, dans laquelle ils n'auront sans doute pas le dessus; car, quoique l'ami L. T... ait été huit jours à nous faire attendre qu'il eût mis sa cravate, il n'est point du tout patient ; et malgré le respect que nous devons au sexe de M. B...ini, tout *soprano* qu'il est, il est à craindre pour lui que notre ami ne veuille prendre sa revanche et la nôtre.

Ces petites tracasseries de voyage ne me gênent pas en route; car j'y suis souvent seul, et , ainsi qu'un chevreau vagabond , je jouis, avec une sorte d'ivresse, du plaisir d'être du matin jusqu'au soir, sous un ciel nouveau, au milieu des montagnes sauvages, au fond des vallées fertiles, ou auprès des eaux qui se précipitent sans cesse, en formant des chûtes bruyantes, et sans perdre jamais cette limpidité à laquelle on ne peut rien comparer.

Je reviens à mon entrée dans les montagnes. La fraîcheur de la nuit avoit occasionné un brouillard assez épais; nous étions peu éloignés des premières sommités, lorsque le soleil, dissipant une partie des vapeurs qui nous déroboient les objets , et perçant de ses rayons les nuages qui se pressoient déjà sur les flancs du rocher, m'offrit un tableau qui se retrace encore dans ma mémoire. Un sentiment respectueux s'empara de moi; c'étoit le frontispice de l'Italie! Apollon et les muses étoient au sein de cette gloire dont la montagne formoit la base et dont les nuages me déroboient encore le foyer! mais bientôt ce prestige enchanteur se dissipa. Les nuages s'élevèrent. Ce n'étoit plus le Dieu des arts, c'étoit le bienfaiteur de la terre qui

me pénétroit de sa chaleur ; c'étoit la nature
toute entière qui s'offroit à mes regards ! Les
différens plans de montagnes qui se développoient, les plantes et les arbres encore mouillés
par l'abondante rosée de la nuit, la vivacité de
la lumière, la douceur des ombres, donnoient
à ce nouveau tableau un charme auquel il faut
toujours céder, mais que les peintres seuls
savent remarquer avec cette vive attention qui
leur en fait apprécier toutes les beautés.

Les impressions se succédoient avec rapidité.
Un point de vue nouveau éveillant ma curio-
sité, me faisoit desirer de voir sous un nouvel
aspect le torrent qui rouloit sous mes pieds, ou
la roche suspendue au-dessus de ma tête. Un
échappé entre deux montagnes excitoit mon
impatience. J'aurois voulu pouvoir déplacer
ces immenses rochers qui se croisoient jusqu'à
une grande profondeur ; j'aurois voulu, dis-je,
les déplacer, comme à l'Opéra on fait des déco-
rations qui succèdent avec rapidité les unes aux
autres.

J'ai manqué d'être victime de cette impatience. N'ayant pas cessé de monter depuis
notre passage au pont de Bon-Voisin , nous
étions parvenus à une assez grande élévation ;

les voituriers cheminoient au petit pas et me laissoient le temps de monter ou descendre, et de les rejoindre à mon gré. Je jouissois amplement, et avec confiance, de cette liberté. Je ne connoissois pas d'obstacle; la rapidité des coteaux ou l'aspérité des rocs ne pouvoient m'arrêter.

Le bruit du torrent qui se précipitoit sur ma droite me fit naître le desir d'en voir les chûtes cachées dans les profondeurs de la montagne. Un rampant couvert de gazon et planté de noyers, pouvoit m'en rapprocher. Je m'élance. La pente alloit en augmentant. La rapidité de ma course se proportionna, malgré moi, à la roideur du coteau. J'étois entraîné; bientôt un précipice immense est sous mes pieds; les eaux qui écument au fond du gouffre ont frappé mes yeux; en même temps j'apperçois le danger, et je ne puis modérer ma course. A l'espèce d'ivresse qui s'étoit emparée de moi, succède une profonde terreur; mon cœur est glacé; mes jambes tremblent; enfin, mon Ami, j'allois toucher le bord, si je ne me fusse précipité sur un arbre, que j'embrassai, et que je fus obligé de tenir étroitement jusqu'à ce que la sueur froide qui m'avoit pris ait été dissipée.

Je remontai avec peine : mes jambes trem-

bloient ; je ne dis pas à mes caramades le danger que j'avois couru ; et plus circonspect, je
ne quittai pas la voiture de toute la matinée.

Nous dînâmes aux Echelles, petit village
assez pauvre. De nouvelles scènes devoient suc-
céder aux premières ; et les Alpes, toujours
plus élevées, alloient se présenter à moi dans
toute leur magnificence.

D'Aiguebelle.

Je griffonne toujours à la hâte les lettres que je vous envoie, mon cher Ami. J'essaie de peindre avec ma plume ; cependant je n'oserois vous adresser ces pages incorrectes, si je n'étois pas aussi sûr de votre indulgence que de votre tendre amitié.

Je voudrois pouvoir vous faire jouir , par anticipation, de toutes les beautés que la nature, dans ses effets pittoresques , dévoile chaque jour à mes regards.

Je suis presque seul à jouir de ce spectacle admirable; car, vous le savez, A... franc et rustique comme l'air que nous respirons , en est à essayer si le séjour de Rome le fera architecte, de bon maçon qu'il est. P... a partagé ma joie en voyant les Alpes; mais depuis qu'il est au milieu de ces pics et de ces rideaux montueux, qui se déroulent devant ses yeux sans aucune interruption , l'impatience s'est emparée de lui , et ne lui laisse de repos que dans les bourgs que nous traversons ou dans ceux où nos voituriers sont forcés de s'arrêter.

Là, un manteau de cheminée , enrichi de quelques ornemens , des rinceaux dans les solives d'un plafond, un vieux pied de table dont l'or est tout écaillé , rien n'échappe à son crayon agréable ; enfin , chaque auberge devient pour lui un muséum , et chaque fontaine de la Savoie un monument. C'est ainsi qu'il prélude à de plus grands travaux.

Je voulois vous parler de mes montagnes , car j'en possède déjà quelques-unes ; mais puisque j'ai commencé sur un autre ton , j'acheverai de vous rendre compte de notre position respective sur la route d'Italie.

Je ne vous dirai rien des deux étrangers avec lesquels nous voyageons. Je pense bien que, passé Turin, nous ne les reverrons plus. L'ami L... leur a fait pièce ; il est vif et alerte, et depuis qu'il est notre maréchal-des-logis, nous avons bon gîte.

Le spectacle de la nature, pris en grand , a du charme pour lui. Mais sa franche gaieté trouvant à chaque heure de la journée quelque occasion nouvelle de s'épancher, il s'y livre, et bientôt la joie devient générale. Notre aimable B... le seconde à merveille ; cependant je ne saurois vous dire s'il est le plus sage ou le plus fou de la bande , quoiqu'il en soit le plus âgé.

Quant à moi , mon Ami , je ne sais ce que je suis. Je ne connois bien que l'amitié sincère que je vous ai vouée.

B...

Lansbourg.

C'est au milieu des muletiers et du bruit, que je vais tâcher de vous esquisser les tableaux les plus frappans qui se sont présentés à moi depuis notre sortie du village des Echelles.

Je ne suis pas fort commodément pour vous faire cette esquisse. J'ai pour table, mes genoux ; pour siége, le bout d'un tronc de sapin, dont l'autre extrémité alimente le foyer autour duquel chacun se presse. Nous sommes au pied du Mont-Cénis, et le froid des neiges qui le couvre s'étend jusqu'à nous. Malgré le froid, et malgré l'agitation de ceux qui m'environnent, je tâcherai de vous rendre un compte exact de mes promenades. C'est ainsi que je considère le voyage que j'ai entrepris.

Revenons au village des Echelles.

La terreur inspirée par le danger auquel mon imprévoyance m'avoit exposé en entrant dans les Alpes, étoit totalement dissipée. Le repas que nous venions de prendre m'ayant rendu les forces, je n'avois plus d'autre pensée que de franchir cette barrière (les Echelles), qu'on nomme ainsi à cause de la proximité du village de ce nom.

Avec cette pensée nous arrivâmes au bas de rochers immenses qui s'étendoient devant nous à notre droite et à notre gauche. On auroit pu les comparer aux frontières de l'*Eldorado*. Mais notre position différoit de celle du bon Candide. Il quittoit tout, et n'emportoit que de vaines richesses, tandis que l'Italie alloit être la source de toutes celles que chacun de nous pouvoit choisir selon son gré et emporter sans péril.

Nous approchions par un chemin facile et doux, mais sans appercevoir aucune issue. Nous étions cependant au pied même de cette âpre et sauvage muraille qu'il nous falloit franchir.

Enfin, la roche, coupée dans toute sa profondeur et dans une hauteur de plus de cent pieds, paroît s'ouvrir tout-à-coup pour donner passage à la route de Chambéry, sur laquelle nous étions. C'est une longue rue bordée, non de boutiques brillantes de bijouteries ou de modes, mais de grottes profondes du haut desquelles l'eau, tombant goutte à goutte, marque, comme les secondes d'une pendule, le passage du temps qui s'écoule sans retour.

Les rochers suspendus au-dessus de la tête du voyageur, l'avertissent des dangers auxquels on est exposé dans le cours de la vie; et les oiseaux de proie et le hibou solitaire, seuls habitans de ces sombres lieux, font retentir l'écho qui répond à leurs lugubres chants, par des sons plus lugubres encore.

Je voulus sonder quelques - unes de ces grottes ; elles ne m'offrirent rien de remarquable.

Nous continuâmes de monter. Les rochers, moins élevés pour nous, devenoient moins sauvages. Les sommités, couronnées de verdure, les rendoient plus agréables.

Enfin, un pays nouveau s'offrit à nous; les tristes réflexions s'évanouirent comme une vapeur légère, et les idées riantes les remplacèrent promptement.

C'étoit la fin d'un beau jour. Le soleil projetoit au loin l'ombre des montagnes. L'ombre et la lumière régnoient alternativement sur ce beau paysage. La couleur de l'automne étoit empreinte sur les arbres ; un mélange d'or et de pourpre disputoit à la verdure son empire.

C'étoit au bord seul des ruisseaux, c'étoit au bord des cascades, que le gazon, continuellement rafraîchi, conservoit sa tendre couleur sous le feuillage, première dépouille des arbres de toute espèce, qui font la richesse de ces vallons.

Des arbres et des rochers, des prés couverts de bestiaux, dont la soyeuse toison est colorée des teintes les plus agréables; des cascades enfin, voilà ce qui frappe sans cesse, ce qu'il faut toujours décrire, ce qu'il faut toujours admirer. Avec d'aussi simples élémens, la nature combine ses tableaux, en les variant toujours. La lumière ajoute encore à cette variété, par les innombrables effets qu'elle produit.

Je vous parle beaucoup des cascades, mon Ami; c'est que je les admire sans cesse; elles sont une partie plus vivante de la nature, que le roc dont l'inertie en impose, mais qui n'a pas le même charme; c'est l'eau qui lui donne vraiment la vie, en faisant sortir de ses flancs l'arbuste qui doit le dérider en lui donnant de la grace. Oui, mon Ami, cette expression vous paroîtra mal appliquée sans doute; mais si vous y réfléchissez, vous serez de mon avis, et vous vous persuaderez facilement que la grace est répandue dans toute la nature; même, au sein de ses formes les plus agrestes, elle est la conséquence de l'harmonie et de l'équilibre entre les parties qui composent cette belle nature : sans la réunion de toutes ces conditions, il faudroit que le chaos se renouvelât.

Pardonnez-moi, mon Ami, cette digression. Pardonnez-moi aussi, une fois pour toutes, d'en revenir toujours aux cascades.

Je n'avois vu jusqu'alors que des eaux se brisant au milieu des roches, roulées du sommet des montagnes, ou retenues dans des bassins de peu d'étendue, placés au-dessus les uns des autres. C'étoit déjà beaucoup pour moi ; mais bientôt j'apperçus sur ma droite une cascade d'une grande élévation ; elle se précipitoit d'un seul jet, d'environ 80 pieds, sur les débris de la montagne qui servoit de lit à ses eaux. Ces débris étoient couverts de mousses, de longues herbes et de plantes larges d'un verd foncé.

Quelques rayons de soleil, échappés de la cime des monts, éclairoient encore, d'une lumière légèrement nuancée de pourpre, le haut de cette belle cascade, et la faisoient briller plus vivement au milieu des épaisses et sombres broussailles, qui couronnoient la sommité d'où elle s'échappoit.

La partie inférieure de sa chûte, n'avoit pas besoin du secours de la lumière, pour produire tout son effet.

Ses eaux, très-divisées, étoient de la plus grande blancheur, et le brouillard qui s'élevoit du milieu du bassin rocailleux qui la recevoit, modifioit le vert foncé des mousses et des plantes; la richesse des teintes dégradées, sur les objets qui servoient de fond à cet intéressant tableau, en rendoit le charme encore plus entraînant.

C'étoit le terme de ma première course, au milieu des Alpes.

Le concert des oiseaux, à la fin d'une aussi belle journée, sembloit annoncer une nuit calme. C'étoit un chant d'allégresse et d'action de grace; il me sembloit que ces lieux devoient être l'asyle du bonheur. Je concevois parfaitement comment le bon Savoisien, qui vient faire dans nos grandes villes de pénibles et petites économies, s'empresse de retourner bientôt au sein de sa famille, s'entourer de ses rochers protecteurs.

Eh ! mon Ami, si ces hommes simples ne

voient pas la nature avec les mêmes yeux que moi , ils savent obéir du moins au sentiment secret qui les y rappelle toujours. Notre amour pour les arts d'imitation ne seroit-il pas une conséquence de ce même sentiment secret, auquel cèdent machinalement presque tous les montagnards?

Adieu , mon Ami, je vous desire au milieu des sites que j'ai parcourus; car je voudrois que vous puissiez toujours partager mon admiration , et rectifier ce qui peut y avoir de faux dans mes observations.

Tout à vous comme tout à la nature.

B...,

Suze.

J'AVANCE toujours, car j'ai déjà passé la barrière qui me séparoit de l'Italie, et cependant ma dernière vous avoit conduit à peine à l'entrée des monts que j'ai traversés.

La nuit avoit commencé à déployer ses voiles, lorsque nous entrâmes dans Chambéri, que nous ne pûmes voir, car nous quittâmes cette ville le lendemain avant le jour.

Renfermés dans nos voitures, nous n'en sortîmes qu'au moment où les premiers jets de lumière frappèrent le haut des monts, dont les pics les plus élevés étoient déjà blanchis par la neige.

C'est là que commença l'impatience de notre cher P... Une montagne dépassée en laissoit appercevoir une nouvelle, qui étoit traversée à son tour par une autre. Ce qui étoit pour moi l'occasion d'un plaisir toujours nouveau, devenoit pour lui un sujet de contrariété : il avouoit franchement que ces différentes scènes étoient grandes et belles ; mais il ne voyoit pas sa chère Italie, et les monts étoient des obstacles accumulés qu'il ne pouvoit franchir assez rapidement.

Montmélian cependant, placé au bord de l'Isère qui coule au fond d'une immense et profonde vallée, fut pour nous tous un spectacle intéressant. Un pont d'une grande longueur a été construit pour traverser cette rivière, guéable presque par-tout, mais dont la profondeur augmente beaucoup à la fonte des neiges et dont le lit s'étend alors dans une largeur considérable.

La montagne qui domine la ville de Montmélian, est plantée à sa base de grands arbres ; sa région moyenne est couverte de vignes, et son sommet, composé de couches horizontales, est d'une structure assez remarquable. Il sembleroit que le noyau de cette montagne se soit affaissé sous son propre poids.

Elle tient d'une part à la chaîne qui conduit à Chambéri et à cette ligne non-interrompue qui forme la rive droite de l'Isère.

Ce dernier chaînon s'étend à une profondeur de plusieurs lieues, et la teinte qu'il prend en se perdant dans l'éloignement, produit une opposition très-agréable avec les côteaux fertiles et boisés qui bordent la rive gauche, où il faut se placer pour considérer ce beau paysage.

J'ai vu beaucoup de sites admirables, et j'en ai perdu beaucoup d'autres; les détails (j'appelle ainsi tout ce qui est plus rapproché de mes yeux, tout ce qui fait richesse au milieu de ces masses si élevées et si étendues), les détails, dis-je, ne sont pas moins intéressans que la partie principale de ces vastes tableaux.

Tantôt la roche creusée forme l'auge où viennent s'abreuver les nombreux troupeaux qui paissent dans les vallons, ainsi que les chèvres vagabondes qui parcourent des régions plus élevées.

Très-souvent encore ce sont des troncs de sapins creusés qui forment ces abreuvoirs que l'on rencontre très-fréquemment placés au bout les uns des autres, à des hauteurs différentes. Tous les animaux y peuvent boire commodément; aussi un troupeau y arrive-t-il? chaque espèce prend sa place suivant sa stature; et le foible agneau, près de sa mère, n'est pas pressé par la vache à la grosse panse, ni par le bœuf docile, à la marche lente et mesurée.

Dans toute cette contrée, les noyers poussent

avec vigueur ; il y en a un grand nombre. Leur tronc vigoureux se subdivise en fortes branches qui sont recouvertes d'un feuillage épais. C'est sous ce feuillage qu'on apperçoit les chaumières des Savoisiens, leurs troupeaux, dont je vous ai déjà fait remarquer la beauté, et les eaux abondantes que l'on voit descendre par colonnes inclinées, du sommet des monts, qui, ainsi qu'un immense rideau, s'élèvent quelquefois sans interruption par-derrière les hameaux, les villages, ou les chaumières isolées.

Une seule observation m'afflige toujours au milieu de ces grands effets de la nature, et je ne saurois m'en distraire ; elle vient empoisonner ma joie. Ces beaux troupeaux, si diversement colorés des nuances les plus harmonieuses, sont conduits quelquefois par des enfans, qui déjà ont l'empreinte de ces goîtres énormes, qui défigurent presque généralement les habitans de la Savoie.

Est-il possible, mon Ami, que la nature, si bienfaisante pour leurs bestiaux, soit si cruelle envers eux ? ou plutôt ne doit-on pas croire que cette difformité a pour cause quelque habitude contraire à la santé de ces bonnes gens ?

Les eaux, dit-on, occasionnent cette maladie. Je ne sais ce qu'on en doit penser ; mais elle est assez grave et assez incommode pour devenir l'objet des recherches de quelque habile médecin. Il ne faut pas craindre de rendre la position des montagnards trop heureuse ; les habitans des villes ne sont pas encore près de les déserter, pour venir peupler ces lieux sauvages.

Je fais donc des vœux pour que les hommes tranquilles qui les habitent ne soient plus désormais affligés par une maladie qui les prive de cette noble physionomie, qui est un des plus beaux attributs de l'espèce humaine.

Je pressens avec plus de peine encore, que cette difformité a des inconvéniens fort graves, dont les moindres conséquences sont d'abréger le cours de leur vie.

Je ne saurois continuer. Vous allez vous affliger avec moi ; vous partagerez mes tristes réflexions. Ah ! puissent-elles être faites un jour avec plus de fruit, par des hommes plus puissans que vous et moi !

Votre ami B...

Turin.

J'ai franchi ces hautes montagnes qui séparent les Gaules de l'Italie, et je suis au milieu d'une ville telle que je voudrois qu'elles fussent toutes.

Mais je suspens mes réflexions et mon dire sur la capitale du Piémont.

Je ne vous ai pas encore parlé de notre passage du Mont-Cénis. Nous nous en étions formé une idée extraordinaire, et nous avions fait nos provisions en conséquence : les bonnets de Ségovie, les gands de laine pour doubler les nôtres; telles étoient nos fourrures. Les manteaux bien croisés nous rendoient inaccessibles au plus grand froid.

Le petit jour parut : c'étoit à Lansbourg que la distribution des montures se fit; chacun se mit en route, les conducteurs en tête. L'on avoit chargé nos bagages, et cette caravanne défila en formant des zigzags sur le rampant du mont; les mules ou mulets se suivoient très-exactement, en mettant les pieds dans les trous où chacun d'eux les avoit déjà posés tant de fois.

Nous avons eu du brouillard, et à mon grand regret je n'ai rien vu , pas même la belle cascade qui est située du côté de la Novalèze, et dans le bassin de laquelle j'ai manqué de me précipiter. La descente de ce côté est fort agréable ; le chemin est presque toujours ombragé d'un grand nombre d'arbres. L'on passe près du fameux fort de la Brunette, élevé sur un rocher.

Je parcours un peu rapidement cette route, sans chercher à vous retracer beaucoup de tableaux qui se développoient à mes yeux en nous approchant de la ville de Suze.

Nous arrivâmes enfin , après avoir monté et descendu *le grand Mont-Cénis.*

Nous avions touché la terre sacrée. La première antiquité romaine avoit reçu nos respectueux hommages ; je veux parler de l'arc antique de Suze, qui est en partie enclavé dans des constructions modernes. Enfin , le lendemain de grand matin , comme de coutume , nous prîmes la route de Turin.

Nous continuâmes donc à descendre au revers des Alpes. Le jour commençoit à paroître ; le ciel étoit pur ; la lumière de quelques étoiles vacilloit encore dans sa profondeur.

L'horizon se coloroit des vives couleurs de l'aurore; une teinte de rose et d'azur se réfléchissoit autour de nous, en annonçant les premiers rayons du soleil, qui bientôt après frappèrent le haut des monts fort éloignés de nous, mais dont la base étoit à nos pieds.

La ligne des montagnes secondaires qui étoient dans la profondeur de notre horizon, se faisoit remarquer par un ton vigoureux et tranchant sur le ciel, et s'opposoit vivement, par sa nuance violette, à ce foyer de lumière qu'elle nous déroboit encore, mais dont le rapide développement annonçoit la présence du dieu du jour. Il parut au-dessus de cette ligne, et un seul de ses rayons changea aussitôt tout l'effet de ce vaste paysage.

Cet horizon, dont la teinte vigoureuse s'opposoit si vivement à l'éclat de la lumière, fut aussi-tôt effacé par ce torrent de feux. Je fus contraint de détourner la vue. Je la reportai autour de moi; ce n'étoit point *que perles et que rubis*, c'étoit la lumière répandue sur toute la nature ! les vapeurs légères traversées de ses rayons, donnoient aux ombres et aux clairs une teinte douce et aérienne qui se dégradoit depuis la plus grande profondeur de ce tableau jusque sur les corps les plus rapprochés de nous. Le haut du ciel étoit du plus transparent azur.

Tout ce qui peut contribuer à mettre en évidence les effets que doit produire le soleil lorsqu'il s'élève au-dessus de l'horizon, vint se réunir au commencement de ce beau jour.

Un peu sur notre gauche, un vieux fort abandonné couvroit de ses tours élancées, de ses murailles à créneaux, le rampant et le sommet d'un rocher, qui se détachoit pyramidalement sur les plans de montagnes transparentes que je commençois à distinguer dans l'éloignement. Les tours élevées sur la partie supérieure de ce rocher me déroboient le disque du soleil. Toute cette masse se détachoit sur un foyer éclatant. C'étoit l'obscurité soumise à l'empire de la lumière, dont les rayons divisés par les tourrelles, par les créneaux, par toutes les ouvertures, divergeoient de toute part.

Si vous n'étiez pas un bon observateur, vous ne pourriez pas vous faire une idée de toute la magnificence d'un aussi beau spectacle. La peinture même est presque inhabile à rendre ces grands effets, dont je n'ai encore vu que des à-peu-près. C'est à vous seul peut-être qu'est réservée la gloire de les faire connoître, car il faut, je crois, autant de raisonnement que de goût pour y parvenir.

Adieu, mon ami; pensez toujours au projet que vous avez formé de venir nous rejoindre; peut-être verrez-vous par vos propres yeux ces mêmes effets que je vous rends si imparfaitement (1). B....

(1) Ces lettres étoient dans un porte-feuille, avec plusieurs vues légèrement esquissées et faites de souvenir. Elles m'ont été communiquées par l'ami T...., qui m'a conseillé de les rendre publiques : son amitié, toujours flatteuse, me persuada. Peut-être intéresseront-elles quelques amis de paysage ; je suis trop mauvais écrivain pour ne pas craindre d'être jugé sévèrement par toute autre classe d'amateurs.

Je retrouvai aussi dans ce même porte-feuille une lettre datée de Rome, dans laquelle je lui annonçois la collection d'esquisses que je publie dans ce recueil, et que, par cette raison, j'ai cru devoir rapporter ici.

De Rome.

Mon cher T....,

Vous avez dû être bien surpris de la différence de mes expressions en parlant des villes de l'Italie, si vous leur avez comparé celles que j'emploie en vous parlant de la capitale des Etats de l'Eglise. La cause de cette différence tient à la haute opinion que j'avois prise de celle-ci, et qui s'étoit accrue en proportion du nombre des beautés de tout genre que j'ai été forcé d'admirer en parcourant les autres villes d'Italie, et que je me figurois devoir être au-dessous de celle qui étoit le but principal de mon voyage. Parmi toutes ces villes, j'ai distingué Bologne et Florence; elles resteront toujours dans ma mémoire. Les immenses et continuels portiques de la première , et les palais de la seconde , ses fontaines , ses colosses de marbre , son vieux château, ses galeries , son musée, et jusqu'aux larges dales dont les rues sont pavées : tant de grandeur, tant de magnifiques merveilles devoient exciter mon enthousiasme. Je connoissois Rome par ses plans, par les vues de ses principaux monumens ; je m'étois persuadé qu'ils étoient plus imposans encore que ceux de Florence. C'étoit dans cet état de prévention que je vis cette cité célèbre, encore tout étourdi de mon voyage , tout occupé des premiers soins de mon établissement dans une ville où je voulois me fixer pendant plusieurs années. Je ne vis que superficiellement toutes les beautés qu'elle renferme, et les descriptions que je vous en ai faites ont dû s'en ressentir.

Je reviendrai donc , avec le temps, sur tout ce que je vous en ai déjà écrit ; car il faut voir et revoir sans cesse pour con-noître et la ville antique et cette ville toute moderne, élevée au milieu des immenses débris du forum , du palais des Césars, des Thermes, et des nombreux aqueducs qui y répan-doient l'eau avec tant d'abondance.

Si mon but principal n'étoit pas de me livrer exclusive-ment à l'étude du paysage, j'aurois du plaisir à entrer dans quelques détails sur le vrai caractère de l'architecture antique, qui se distingue , par la beauté de la matière, la richesse et le goût ; quelquefois même par la profusion qui règne dans les ornemens.

Piranesi a fait connoître cette architecture ; et, dans les ornemens antiques qu'il a publiés , on retrouve une disposi-tion toujours large et belle. Il a négligé cependant ce galbe et cette finesse qui prouve que dans les beaux temps de la sculpture romaine, les ouvriers avoient toujours pour but l'imitation de la nature. Quant à cette profusion, cette sur-abondance d'ornemens que j'ai remarqué dans quelques mor-ceaux d'antiquités, je suis bien persuadé que ce ne fut qu'à l'époque de la décadence des arts, que l'architecture en fut surchargée.

L'on copie ici sans choix, et quelquefois sans goût. L'empreinte de l'antiquité sur un morceau de marbre, suffit le plus souvent au copiste avide. C'est en suivant cependant cette route incertaine, que nous parviendrons à en tracer une meilleure.

Quant à présent, les uns font des esquisses imparfaites, et les autres, froids observateurs, ne savent pas saisir les grands traits, si caractéristiques, qui font le vrai mérite de la belle antiquité. D'autres enfin, n'en observent, le plus souvent, que les petitesses, et se sont fait un genre sec et mesquin.

Je ne vous ai pas encore parlé de mes occupations ; elles sont peu sérieuses. Je m'essaie, je sonde le terrain, je parcours la ville sans volonté, sans autre but que d'apprendre à m'y retrouver. J'ai dans ma poche un livre de croquis dont je détacherai quelques feuilles, elles vous feront voir combien cette ville est pittoresque. Vous qui aimez les fabriques Italiennes et qui les dessinez avec tant de goût, vous reconnoîtrez qu'il n'y a pas loin des vôtres à celles que je dessine d'après nature.

Je ne vous enverrai rien de grand, car je ne veux pas vous faire anticiper sur le plaisir que vous aurez en parcourant ces immenses ruines, ces riches palais, ces muséum sans nombre, ces églises magnifiques couvertes de peintures, de dorures et de marbres, et au-dessus desquelles s'élève enfin, comme un colosse, la basilique et le dôme de Saint-Pierre.

Je ne cesserai de vous presser de venir. La situation d'un artiste au sein de Rome est vraiment celle qui est la plus convenable à l'étude : l'indépendance dans laquelle il vit, le laisse tout entier à ses occupations, et l'espérance de se distinguer un jour au milieu de ses compatriotes lui fait entasser, avec constance, tous les trésors de l'étude.

Ces trésors sont là pour vous ; comptez que l'amitié seroit votre guide si vous en aviez besoin pour les découvrir.

Pour la vie, tout à vous.

B......

ROVINE DEL PALAZZO DEGLI IMPERADORI.

VEDUTA D'UNA CASA VICINO A RIPETTA.

VEDUTA D'UN CORTILE NEL VATICANO.

VEDUTA DELLA PORTA SAN SEBASTIANO .

VEDUTA NELLA VILLA PANFILI.

TEMPIO DEL SOLE E DELLA LUNA.

Déposé à la Bibliothèque Nationale le 20. Germinal An 10 de la République.

AQUEDOTTI DELL'AQUA CLAUDIA .

VEDUTA DEL CAMPO VACCINO.

CASA NELLA VILLA MAGNANI.

VESTIGI DELLE THERME DI PAOLO EMILIO.

PORTA SAN PAOLO FUORI DELLE MURA .
Baloud del et Sculp.

VEDUTA DEL' ARCO DI GIANO.

Déposé à la Bibliothèque Nationale le 30 Germinal An 10 de la République.

VEDUTA D'UNA GALLERIA DEL' COLLOSEO.

VEDUTA DELLA TORRE DI CONTI.

VEDUTA DELLE MURA DI ROMA NELLA VILLA LUDOVISIA.

CORTILE DEL PALAZZO BORGHESE.

VEDUTA D'UNA CASA VICINO AL-PONTE SANT' ANGELO.

VEDUTA DELLA PORTA MAGGIORE.

Déposé a la Bibliothéque Nationale le 5 Nivose An 10. de la République.

VEDUTA DEL' TEMPIO DELLA PACE, E DEL' ARCO DI TITO.

VEDUTA NEL' GIARDINO BARBERINI.

VEDUTA D'UNA FABRICA VICINO A LI TERMINI.

VEDUTA DEL PALAZZO DI VENEZIA.

VEDUTA DEL' PALAZZO BARBERINI PRESA DAL' GIARDINO

VEDUTA DEL TEMPIO DI MINERVA MEDICA.

Déposé à la Bibliothèque Nationale le 5 Nivose an 10 de la République.

VEDUTA INTERIORE DEL COLOSSEO.

VEDUTA DI UNA PARTE DEL GIARDINO BARBERINI.

TORRE DIETRO AL PALAZZO RUSPOLI.

CORTILE VICCINO AL PALAZZO DI VENEZIA.

PROSPETTO DELLA CHIESA DI SAN MARTINO ALLI MONTI .

CHIESA DI SAN STEFANO - ROTONDO.

Déposé à la Bibliothèque Nationale le 12 Prairial An 9. de la République.

ROVINE DEL PALAZZO DEGLI IMPERADORI.

VEDUTA AL DI SOTTO DEL PONTE ROTTO.

CASINO VICINO AL TEMPIO DI MINERVA MEDICA.

VEDUTA DELL'ISOLA TIBERINA.

Ballard. del et Sculp.

CONVENTO DEI CAPUCCINI SUL MONTE PALATINO.

PIRAMIDA DI CAIO CESTIO.

Deposé à la Bibliothèque Nationale le 12. Prairial An. 9 de la République Française.

VEDUTA D'UN CORTILE VICINO ALLA PIAZZA NAVONA.

VEDUTA DELLA LOGIA DEGLI IMPERATORI AL COLOSSEO.

VEDUTA DEL GIARDINO BARBERINI.

VEDUTA DELLA ROCCA TARPEIA DIETRO AL CAMPIDOGLIO.

VEDUTA DELLA CHIEZA DE S.t ANDREA BORGO DEL POPOLO.

VEDUTA DEL TEMPIO DI GIOVE STATORE AL CAMPO VACCINO.

Déposé à la Bibliotheque Nationale le 12. Messidor An 9. de la Republique.

VEDUTA DEL TEMPIO DELLA PACE.

Déposé à la Bibliothèque Nationale, le 10 Ventose An 8. de la République.

VEDUTA DEL TEVERE VICINO A RIPETTA.

VEDUTA DEL MONASTERO DI SAN PANCRACIO.

Baltard del et Sculp.

VEDUTA DELLA VILLA BORGHESE.

VEDUTA DEL COLOSSEO E DELL'ARCO DI CONSTANTINO .
Bollard del et Sculp.

VEDUTA DEL MONASTERO DE, CAPUCINI A TERMINI.